VORWORT

Ach, was muß man oft von bösen Kindern hören oder lesen!!

Wie zum Beispiel hier von diesen, welche Max und Moritz hießen;

Die, anstatt durch weise Lehren sich zum Guten zu bekehren,

Oftmals noch darüber lachten und sich heimlich lustig machten. –

– Ja, zur Übeltätigkeit, ja, dazu ist man bereit! –

– Menschen necken, Tiere quälen, Äpfel, Birnen, Zwetschgen stehlen – –

Das ist freilich angenehmer und dazu auch viel bequemer,

Als in Kirche oder Schule festzusitzen auf dem Stuhle. –

– Aber wehe, wehe, wehe! Wenn ich auf das Ende sehe!! –

– Ach, das war ein schlimmes Ding, wie es Max und Moritz ging. –

– Drum ist hier, was sie getrieben, abgemalt und aufgeschrieben.

ERSTER STREICH

Mancher gibt sich viele Müh'
Mit dem lieben Federvieh;
Einesteils der Eier wegen,
Welche diese Vögel legen,
Zweitens: Weil man dann und wann
Einen Braten essen kann;
Drittens aber nimmt man auch
Ihre Federn zum Gebrauch
In die Kissen und die Pfühle,
Denn man liegt nicht gerne kühle.

Seht, das ist die Witwe Bolte,
Die das auch nicht gerne wollte.

Ihrer Hühner waren drei
Und ein stolzer Hahn dabei. -

Max und Moritz dachten nun:
Was ist hier jetzt wohl zu tun? -
- Ganz geschwinde, eins, zwei, drei,
Schneiden sie sich Brot entzwei,

In vier Teile, jedes Stück
Wie ein kleiner Finger dick.
Diese binden sie an Fäden,
Übers Kreuz, ein Stück an jeden,

Und verlegen sie genau
In den Hof der guten Frau. -

Kaum hat dies der Hahn gesehen,
Fängt er auch schon an zu krähen:
Kikeriki! Kikeriki!! -
Tak tak tak! - da kommen sie.

Hahn und Hühner schlucken munter
Jedes ein Stück Brot hinunter;

Und ihr Hals wird lang und länger,
Ihr Gesang wird bang und bänger;

Aber als sie sich besinnen,
Konnte keines recht von hinnen.

In die Kreuz und in die Quer
Reißen sie sich hin und her,

Jedes legt noch schnell ein Ei,
Und dann kommt der Tod herbei. -

Flattern auf und in die Höh',
Ach herje, herjemineh!

Witwe Bolte in der Kammer
Hört im Bette diesen Jammer,

Ach, sie bleiben an dem langen,
Dürren Ast des Baumes hangen. -

Ahnungsvoll tritt sie heraus.
Ach, was war das für ein Graus!

„Fließet aus dem Aug', ihr Tränen!
All mein Hoffen, all mein Sehnen,
Meines Lebens schönster Traum
Hängt an diesem Apfelbaum!!"

Tiefbetrübt und sorgenschwer
Kriegt sie jetzt das Messer her;
Nimmt die Toten von den Strängen,
Daß sie so nicht länger hängen,

Und mit stummem Trauerblick
Kehrt sie in ihr Haus zurück. -

————————

Dieses war der erste Streich,
Doch der zweite folgt sogleich.

ZWEITER STREICH

Als die gute Witwe Bolte
Sich von ihrem Schmerz erholte,
Dachte sie so hin und her,
Daß es wohl das beste wär',
Die Verstorb'nen, die hienieden
Schon so frühe abgeschieden,
Ganz im stillen und in Ehren
Gut gebraten zu verzehren. -
- Freilich war die Trauer groß,
Als sie nun so nackt und bloß
Abgerupft am Herde lagen,
Sie, die einst in schönen Tagen
Bald im Hofe, bald im Garten
Lebensfroh im Sande scharrten. -

Ach, Frau Bolte weint aufs Neu,
Und der Spitz steht auch dabei,
Max und Moritz rochen dieses;
„Schnell aufs Dach gekrochen!" hieß es.

Durch den Schornstein mit Vergnügen
Sehen sie die Hühner liegen,
Die schon ohne Kopf und Gurgeln
Lieblich in der Pfanne schmurgeln. –

Eben geht mit einem Teller
Witwe Bolte in den Keller,
Daß sie von dem Sauerkohle
Eine Portion sich hole,
Wofür sie besonders schwärmt,
Wenn er wieder aufgewärmt. –

Schnupdiwup! da wird nach oben
Schon ein Huhn heraufgehoben.
Schnupdiwup! Jetzt Num'ro zwei;
Schnupdiwup! Jetzt Num'ro drei;
Und jetzt kommt noch Num'ro vier:
Schnupdiwup! Dich haben wir!! –
Zwar der Spitz sah es genau
Und er bellt: Rawau! Rawau!

– Unterdessen auf dem Dache
Ist man tätig bei der Sache.
Max hat schon mit Vorbedacht
Eine Angel mitgebracht. –

Aber schon sind sie ganz munter
Fort und von dem Dach herunter. –

- Na! Das wird Spektakel geben, denn Frau Bolte kommt soeben;
Angewurzelt stand sie da, als sie nach der Pfanne sah.

Alle Hühner waren fort - „Spitz!!" - das war ihr erstes Wort. -

„Oh, du Spitz, du Ungetüm!! Aber wart! ich komme ihm!!!"

Mit dem Löffel, groß und schwer, geht es über Spitzen her;
Laut ertönt sein Wehgeschrei, denn er fühlt sich schuldenfrei. -

- Max und Moritz im Verstecke, schnarchen aber an der Hecke,
Und vom ganzen Hühnerschmaus guckt nur noch ein Bein heraus.

————————

Dieses war der zweite Streich, doch der dritte folgt sogleich.

DRITTER STREICH

Jedermann im Dorfe kannte
Einen, der sich Böck benannte. -

Alltagsröcke, Sonntagsröcke,
Lange Hosen, spitze Fräcke,
Westen mit bequemen Taschen
Warme Mäntel und Gamaschen -
Alle diese Kleidungssachen
Wußte Schneider Böck zu machen. -
Oder wäre was zu flicken,
Abzuschneiden, anzustücken,
Oder gar ein Knopf der Hose
Abgerissen oder lose -
Wie und wo und was es sei,
Hinten, vorne, einerlei -
Alles macht der Meister Böck,
Denn das ist sein Lebenszweck. -
- Drum so hat in der Gemeinde
Jedermann ihn gern zum Freunde. -
- Aber Max und Moritz dachten,
Wie sie ihn verdrießlich machten. -

Nämlich vor des Meisters Hause
Floß ein Wasser mit Gebrause.

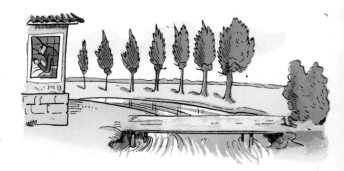

Übers Wasser führt ein Steg
Und darüber geht ein Weg. -

Max und Moritz, gar nicht träge,
Sägen heimlich mit der Säge,
Ritzeratze! voller Tücke, in die Brücke eine Lücke. -

Wieder tönt es: „Meck, meck, meck!"
Plumps! Da ist der Schneider weg!

Als nun diese Tat vorbei, hört man plötzlich ein Geschrei:
„He, heraus! du Ziegen-Böck!
Schneider, Schneider, meck, meck, meck!!" -
- Alles konnte Böck ertragen, ohne nur ein Wort zu sagen;
Aber wenn er dies erfuhr, ging's ihm wider die Natur.

Grad als dieses vorgekommen,
Kommt ein Gänsepaar geschwommen,
Welches Böck in Todeshast
Krampfhaft bei den Beinen faßt.

Schnelle springt er mit der Elle, über seines Hauses Schwelle,
Denn schon wieder ihm zum Schreck
Tönt ein lautes: „Meck, meck, meck!!"

Beide Gänse in der Hand,
Flattert er auf trocknes Land. -

Und schon ist er auf der Brücke,
Kracks! Die Brücke bricht in Stücke;

Übrigens bei alle dem
Ist so etwas nicht bequem;

Wie denn Böck von der Geschichte auch das Magendrücken kriegte.

Hoch ist hier Frau Böck zu preisen! Denn ein heißes Bügeleisen,
Auf den kalten Leib gebracht, hat es wieder gut gemacht. -

- Bald im Dorf hinauf, hinunter, hieß es: Böck ist wieder munter!

Dieses war der dritte Streich, doch der vierte folgt sogleich.

VIERTER STREICH

Also lautet ein Beschluß: Daß der Mensch was lernen muß. -
- Nicht allein das A-B-C bringt den Menschen in die Höh';
Nicht allein im Schreiben, Lesen übt sich ein vernünftig Wesen;
Nicht allein in Rechnungssachen soll der Mensch sich Mühe mache
Sondern auch der Weisheit Lehren muß man mit Vergnügen hören
Daß dies mit Verstand geschah, war Herr Lehrer Lämpel da. -

- Max und Moritz, diese beiden,
Mochten ihn darum nicht leiden;
Denn wer böse Streiche macht,
Gibt nicht auf den Lehrer acht. -

Nun war dieser brave Lehrer
Von dem Tobak ein Verehrer,
Was man ohne alle Frage
Nach des Tages Müh und Plage
Einem guten, alten Mann
Auch von Herzen gönnen kann. -

- Max und Moritz, unverdrossen, sinnen aber schon auf Possen,
Ob vermittelst seiner Pfeifen dieser Mann nicht anzugreifen. -
- Einstens, als es Sonntag wieder und Herr Lämpel brav und bied
In der Kirche mit Gefühle saß vor seinem Orgelspiele,

Schlichen sich die bösen Buben in sein Haus und seine Stuben,
Wo die Meerschaumpfeife stand; Max hält sie in seiner Hand;
Aber Moritz aus der Tasche zieht die Flintenpulverflasche,
Und geschwinde, stopf, stopf, stopf! Pulver in den Pfeifenkopf. -

Jetzt nur still und schnell nach Haus, denn schon ist die Kirche aus

- Eben schließt in sanfter Ruh'
Lämpel seine Kirche zu;

Und mit Buch und Notenheften,
Nach besorgten Amtsgeschäften,
Lenkt er freudig seine Schritte
Zu der heimatlichen Hütte,

Und voll Dankbarkeit
sodann,
Zündet er sein
Pfeifchen an.

„Ach!" - spricht er - „die größte Freud'
Ist doch die Zufriedenheit!! -"

Rums!! - Da geht die Pfeife los mit Getöse, schrecklich groß.
Kaffeetopf und Wasserglas, Tabaksdose, Tintenfaß,
Ofen, Tisch und Sorgensitz - alles fliegt im Pulverblitz. -

Als der Dampf sich nun erhob, sieht man Lämpel, der gottlob!
Lebend auf dem Rücken liegt; doch er hat was abgekriegt.
Nase, Hand, Gesicht und Ohren
Sind so schwarz als wie die Mohren,
Und des Haares letzter Schopf
Ist verbrannt bis auf den Kopf. -
Wer soll nun die Kinder lehren
Und die Wissenschaft vermehren?
Wer soll nun für Lämpel leiten
Seine Amtestätigkeiten?
Woraus soll der Lehrer rauchen,
Wenn die Pfeife nicht zu brauchen??

Mit der Zeit wird alles heil, nur die Pfeife hat ihr Teil.

Dieses war der vierte Streich, doch der fünfte folgt sogleich.

FÜNFTER STREICH

Wer im Dorfe oder Stadt einen Onkel wohnen hat,
Der sei höflich und bescheiden, denn das mag der Onkel leiden. -
Morgens sagt man: „Guten Morgen! haben Sie was zu besorgen?"
Bringt ihm, was er haben muß: Zeitung, Pfeife, Fidibus. -
Oder sollt' es wo im Rücken drücken, beißen oder zwicken,
Gleich ist man mit Freudigkeit dienstbeflissen und bereit. -
Oder sei's nach einer Prise, daß der Onkel heftig niese,
Ruft man: „Prosit!" alsogleich, „danke, wohl bekomm' es Euch!" -
Oder kommt er spät nach Haus, zieht man ihm die Stiefel aus,
Holt Pantoffel, Schlafrock, Mütze, daß er nicht im Kalten sitze, -
Kurz, man ist darauf bedacht, was dem Onkel Freude macht. -

- Max und Moritz ihrerseits fanden darin keinen Reiz. -
- Denkt euch nur, welch' schlechten Witz machten sie mit Onkel Fritz! -

In die Tüte von Papiere sperren sie die Krabbeltiere. -

Fort damit, und in die Ecke unter Onkel Fritzens Decke!!!

Jeder weiß, was so ein Mai-
Käfer für ein Vogel sei.
In den Bäumen hin und her
Fliegt und kriecht und krabbelt er.

Bald zu Bett geht Onkel Fritze in der spitzen Zipfelmütze;

Max und Moritz immer munter,
Schütteln sie vom Baum herunter.

Seine Augen macht er zu, hüllt sich ein und schläft in Ruh.

Doch die Käfer, kritze, kratze! kommen schnell aus der Matratze.

Schon faßt einer, der voran, Onkel Fritzens Nase an.

Hin und her und rund herum kriecht es, fliegt es mit Gebrumm.

„Bau!!" schreit er - „Was ist das hier?!!" und erfaßt das Ungetier.

Onkel Fritz, in dieser Not, haut und trampelt alles tot.

Und den Onkel, voller Grausen, sieht man aus dem Bette sausen.

Guckste wohl! Jetzt ist's vorbei mit der Käferkrabbelei!!

„Autsch!!"- schon wieder hat er einen im Genicke, an den Beinen;

Onkel Fritz hat wieder Ruh' und macht seine Augen zu.

———

Dieses war der fünfte Streich, doch der sechste folgt sogleich.

SECHSTER STREICH

In der schönen Osterzeit,
Wenn die frommen Bäckersleut'
Viele süße Zuckersachen
Backen und zurechte machen,
Wünschten Max und Moritz auch
Sich so etwas zum Gebrauch.-

Doch der Bäcker, mit Bedacht,
Hat das Backhaus zugemacht.

Also, will hier einer stehlen,
Muß er durch den Schlot sich quälen. -

Ratsch!! - Da kommen die zwei Knaben
Durch den Schornstein, schwarz wie Raben.

Puff! - Sie fallen in die Kist',
Wo das Mehl darinnen ist.

Da! Nun sind sie alle beide
Rund herum so weiß wie Kreide.

Aber schon mit viel Vergnügen
Sehen sie die Brezeln liegen.

Knacks!! - Da bricht der Stuhl entzwei;

Schwapp!! - Da liegen sie im Brei.

Eins, zwei, drei! - eh' man's gedacht,
Sind zwei Brote dr'aus gemacht.

Ganz von Kuchenteig umhüllt
Steh'n sie da als Jammerbild. -

In dem Ofen glüht es noch -
Ruff!!! - damit ins Ofenloch!

Gleich erscheint der Meister Bäcker
Und bemerkt die Zuckerlecker.

Ruff!! man zieht sie aus der Glut;
Denn nun sind sie braun und gut. -

Jeder denkt, die sind perdü!
Aber nein! - noch leben sie!

Knusper, knasper! - wie zwei Mäuse
Fressen sie durch das Gehäuse;

Und der Meister Bäcker schrie:
„Ach herrjeh! da laufen sie!!"

———————

Dieses war der sechste Streich,
Doch der letzte folgt sogleich.

LETZTER STREICH

Max und Moritz, wehe euch!
Jetzt kommt euer letzter Streich! -

Wozu müssen auch die beiden
Löcher in die Säcke schneiden?? -

Seht, da trägt der Bauer Mecke
Einen seiner Maltersäcke. -

Aber kaum, daß er von hinnen,
Fängt das Korn schon an zu rinnen.

Und verwundert steht und spricht er:
„Zapperment! Dat Ding werd' lichter!"

Max und Moritz wird es schwüle,
Denn nun geht es nach der Mühle. -

Hei! Da sieht er voller Freude
Max und Moritz im Getreide.

„Meister Müller, he, heran!
Mahl' er das, so schnell er kann!"

Rabs!! - ın seinen großen Sack
Schaufelt er das Lumpenpack.

„Her damit!!" Und in den Trichter
Schüttelt er die Bösewichter. -

Rickeracke! Rickeracke!
Geht die Mühle mit Geknacke.

Doch sogleich verzehret sie

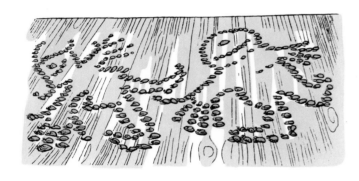

Hier kann man sie noch erblicken
Fein geschroten und in Stücken.

Meister Müllers Federvieh.

SCHLUSS

Als man dies im Dorf erfuhr,
War von Trauer keine Spur.
Witwe Bolte, mild und weich,
Sprach: „Sieh da, ich dacht es gleich!"
„Ja, ja, ja!" - rief Meister Böck,
„Bosheit ist kein Lebenszweck!"

Drauf, so sprach Herr Lehrer Lämpel:
„Dies ist wieder ein Exempel!"
„Freilich!" meint der Zuckerbäcker,
„Warum ist der Mensch so lecker!"
Selbst der gute Onkel Fritze
Sprach: „Das kommt von dumme Witze!"

Doch der brave Bauersmann
Dachte: „Wat geiht meck dat an?
Kurz, im ganzen Ort herum
Ging ein freudiges Gebrumm:
„Gott sei Dank! Nun ist's vorbei
Mit der Übeltäterei!!"